Books purchased with an
Every Child Counts
Community Grant
from the
Alameda County Children
&
Families Commission

A Bookmobile Program
for Pre-Schoolers in Childcare
Alameda County Library ■ Extension Services
2450 Stevenson Boulevard, Fremont CA 94538-2326

Franklin y Harriet

Para Shane y Keeley, hermanos — P.B.
Para Derek, que tanto entiende de hermanitas — B.C.

Franklin

Franklin is a trademark of Kids Can Press Ltd.

FRANKLIN Y HARRIET

Spanish translation © 2001 Lectorum Publications, Inc.
Originally published in English by Kids Can Press under the title
FRANKLIN AND HARRIET

Text © 2001 P.B. Creations Inc.
Illustrations © 2001 Brenda Clark Illustrator Inc.
Interior illustrations prepared with the assistance of Shelley Southern.

1-880507-96-X (pb)
1-880507-97-8 (hc)

Printed in Hong Kong

10 9 8 7 6 5 4 3 2 1 (pb)
10 9 8 7 6 5 4 3 2 1 (hc)

Library of Congress Cataloging-in-Publication Data is available.

Franklin y Harriet

Por Paulette Bourgeois
Ilustrado por Brenda Clark
Traducido por Alejandra López Varela

Lectorum Publications, Inc.

FRANKLIN podía contar de dos en dos y atarse los cordones de los zapatos. Ayudaba a su hermanita, Harriet, a abrocharse los botones de la chaqueta y a subirse y bajarse el zíper. La enseñaba a hacer palmitas y jugaban al cucú. Le leía cuentos y le cantaba canciones. Franklin quería mucho a su hermanita y le gustaba ser el hermano mayor...casi siempre.

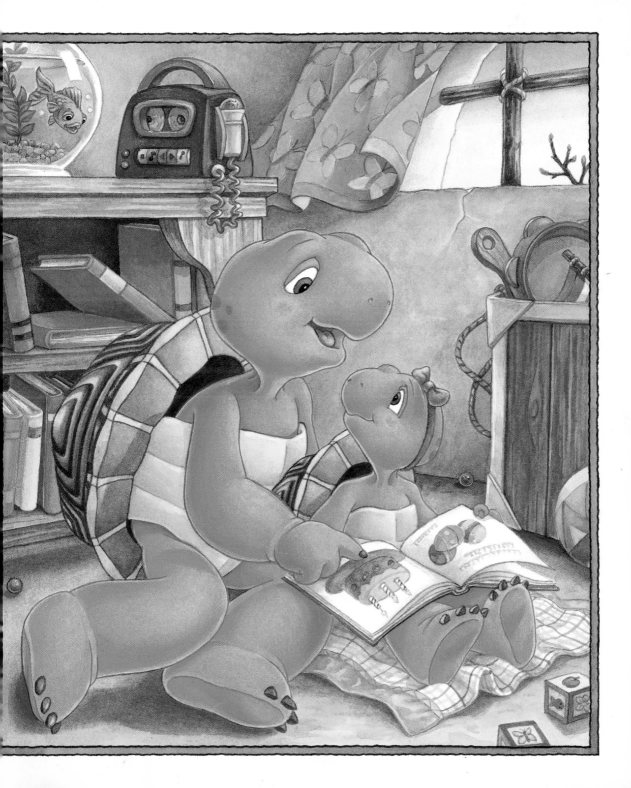

Un día, Franklin llevó a Harriet a jugar afuera.
La meció en el columpio.

Subió a Harriet en el tobogán y le sostuvo la
mano mientras se deslizaba. Pero Franklin no se
dio cuenta de que al final del tobogán había un
charco.

–¡Oh, no! –gritó Franklin.

Harriet estaba cubierta de barro.

Franklin miró a su alrededor. A lo mejor la podía limpiar antes de que su papá se diera cuenta.

Harriet se frotó la cara y se la llenó de barro. Entonces comenzó a llorar.

—No llores, por favor —le suplicó Franklin.

Le dio su mantita. Le hizo muecas para que se riera. Pero ella no dejaba de llorar.

Entonces a Franklin se le ocurrió una idea. Agarró a Sam, su perro de peluche, y fingió que era una marioneta.

Franklin se puso a ladrar y Harriet sonrió.

—¡Charco de barro malo! —dijo Franklin.

Harriet comenzó a reírse. Agarró a Sam y le dio un fuerte abrazo.

—¡Uf! —dijo Franklin.

El papá de Franklin se echó a reír cuando vio a Harriet.

—Me parece que alguien necesita un buen baño —dijo.

Franklin se sintió aliviado:

—Sam también necesita uno —dijo.

—Para luego es tarde —dijo el papá.

Franklin ayudó a llenar la bañera y a remover el agua para formar burbujas. Se aseguró de que el agua no estuviera ni demasiado caliente ni demasiado fría.

A la hora de acostarse, Franklin no podía
encontrar a Sam por ningún sitio.

Por fin lo encontró en la cuna de Harriet.

Franklin quería dormir con Sam, pero su mamá
no quería que Harriet se despertara.

—Deja que Harriet duerma con Sam sólo por esta
vez —le pidió su mamá.

A Franklin no le gustó nada la idea, pero
tampoco quería que Harriet comenzara a llorar.

—Está bien —dijo resignado—. Pero sólo por esta
noche.

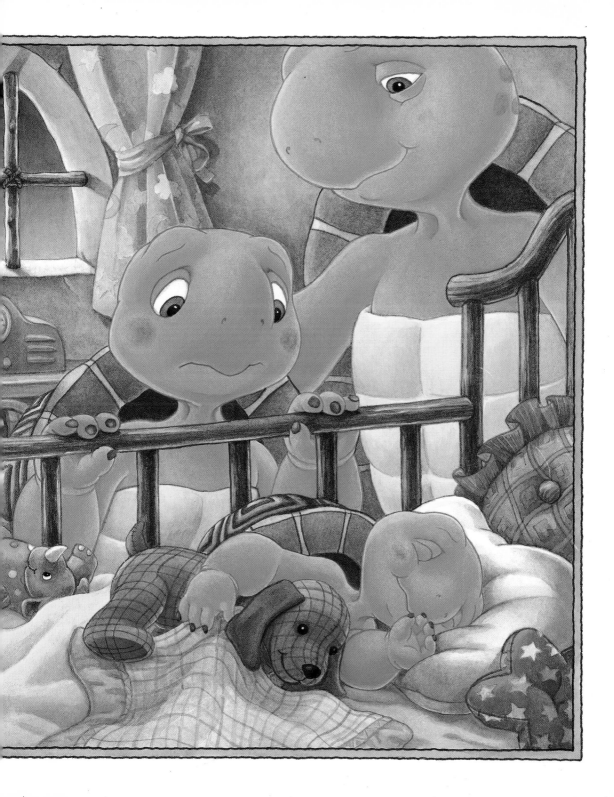

A la mañana siguiente, Harriet llevó a Sam a la mesa.

—Gracias, Harriet —dijo Franklin, tratando de recuperar a Sam.

Pero Harriet lo sostuvo con fuerza.

Franklin empezó a tirar de la cola. Harriet tiraba de la cabeza.

–¡Es mío! –dijo Franklin.

–¡No, mío! –chilló Harriet.

Tiraron y tiraron cada uno de un lado hasta que ocurrió algo terrible.

La cola de Sam se desprendió.

Franklin y Harriet empezaron a llorar.

—¡Vaya! —dijo su mamá.

—¿Podrás arreglarlo? —le preguntó
Franklin.

—Lo intentaré —respondió su mamá.

Franklin cruzó los brazos y miró a
Harriet, enojado.

La mamá de Franklin comenzó a coser la cola de Sam con mucho cuidado, dando unas puntadas muy pequeñitas.

–¡Como nuevo! –dijo al terminar.

Franklin le puso una venda a Sam en la cola y lo abrazó con fuerza. Harriet también quiso abrazarlo, pero Franklin lo levantó por encima de su cabeza para que ella no pudiera alcanzarlo.

–Debes compartir a Sam –le dijo su mamá.

Franklin no estaba de acuerdo. Apretó con más fuerza a Sam y se fue enojado a su habitación.

Franklin llegó a la conclusión de que ser el hermano mayor era un problema. Harriet lloraba mucho. Necesitaba que la vigilaran constantemente. A veces, incluso, olía mal.

Y lo peor de todo, creía que Sam era de ella.

Así que Franklin hizo lo que cualquier hermano mayor hubiera hecho.

Metió a Sam en el baúl de los juguetes, dentro del armario, donde Harriet no podía encontrarlo.

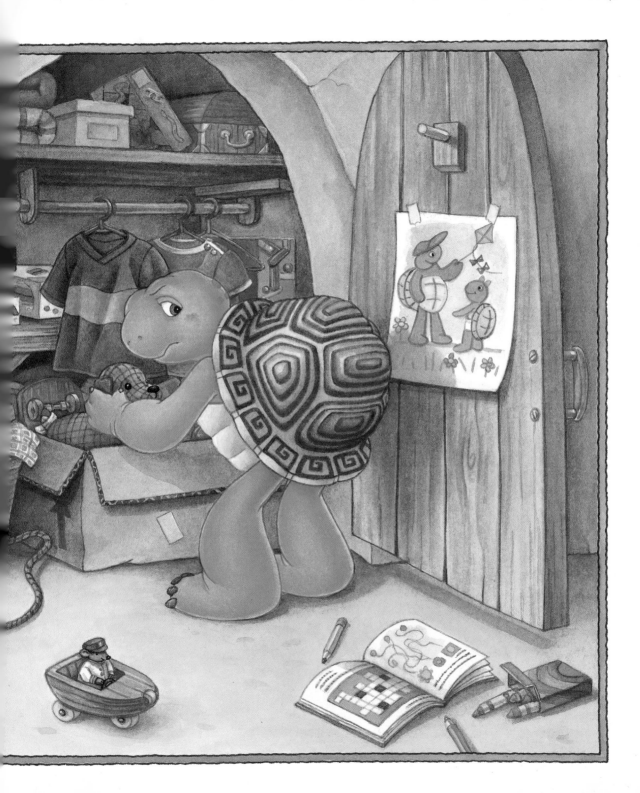

Más tarde, la mamá le preguntó a Franklin si quería salir a dar un paseo.

—¿Va a venir Harriet? —preguntó él.

Su mamá asintió con la cabeza.

Franklin suspiró. Pero decidió ir porque le encantaba pasear.

Harriet se puso el abrigo al revés.

¡Qué tonta! —se burló Franklin.

Su mamá se echó a reír y la ayudó a ponerse el abrigo.

Mientras paseaban, Franklin fue recogiendo dientes de león y le hizo un ramo a su mamá.

—Gracias —dijo ella—. Son preciosas.

En ese preciso momento, Harriet agarró las flores.

—No, Harriet —dijo Franklin—. No son tuyas.

La mamá de Franklin sonrió.

—Harriet todavía es pequeña —dijo—. Tiene que aprender a compartir.

La mamá de Franklin se colocó algunas flores en el sombrero.

Harriet se llevó las flores a la boca.

Franklin deseó que supieran muy mal.

Caminaron largo rato.

Harriet comenzó a frotarse los ojos y a bostezar. Después se puso de mal humor.

La mamá de Franklin le dio a Harriet la mantita, una galletita y un poco de jugo. Pero Harriet no se consolaba con nada. Lloraba cada vez más fuerte.

—¡Qué pena no haber traído a Sam! —dijo Franklin. Él habría conseguido que dejara de llorar.

Entonces Franklin tuvo una idea. Se cubrió la
mano con la manta y comenzó a ladrar.

Harriet se echó a reír.

—No es Sam el que hace reír a Harriet —dijo
su mamá—. Es su hermano mayor.

—¿En serio? —preguntó Franklin.

—En serio —respondió ella.

Franklin agarró el coche y llevó a su
hermana muy orgulloso.

Después de todo, era bueno ser el hermano mayor.

Le gustaba hacer reír a Harriet.

Incluso la dejaba jugar con Sam de vez en cuando, siempre que se lo devolviera a la hora de dormir.

Todo tenía un límite.